[西]费德里科·加西亚·洛尔迦 著

汪天艾 译

提琴与坟墓
洛尔迦诗选

VIOLÍN Y SEPULCRO

ANTOLOGÍA POÉTICA DE

北京联合出版公司
Beijing United Publishing Co.,Ltd.

雅众文化 出品

诗歌是一种天赐。我完成我的任务，做好我应该做的事，不紧不慢。

——加西亚·洛尔迦

目 录

译者序   1

辑一

31 夜 曲
34 短 歌
37 傍 晚
39 星辰时刻
41 欲 望
43 有的灵魂……
45 情 歌
47 风 景
48 吉 他
50 静 默
51 过 后
52 其 后
54 拂 晓
55 六 弦

辑二

59　自深深处
60　驱魔术
62　记事簿
63　城　市
64　纸玫瑰
65　色　彩
66　莎乐美与月亮
69　记事簿
70　末　日
72　作　别
73　最初（最后）的沉思
74　斯芬克斯时刻
75　敞开的门
77　小小少女

辑三

81　孤　独
84　哲学家的最后一次散步
86　情　歌
88　长有七颗心脏的少年之歌
90　从此处
92　小学生之歌
94　海　螺
95　风　景
96　对少女的耳语
97　哑巴街
98　月　升

100	一周年
101	疯孩子
103	道　别

辑四

107	自　杀
109	最初的欲望之歌
111	格拉纳达，1850年
112	散步归来
113	1910年
115	黑人的法则与天堂
117	哈勒姆之王
126	呕吐人群风景画
129	小便人群风景画
132	杀　人
133	不眠之城
137	纽约盲景
140	曙　光
142	维也纳小华尔兹

辑五

149	献给初生的玛尔瓦·玛丽娜·聂鲁达的诗
151	突如其来的爱情
153	绝望的爱情
155	不容看见的爱情
157	死去的孩子

159　躺卧的女人
161　不可能的手
163　甜蜜嗔怨的十四行
164　爱的创伤
165　诗人请求他的爱人写信给他
166　诗人说出实话
167　诗人和爱人通电话
168　爱人睡在诗人胸口
169　无眠的爱之夜

幕落：剧中诗　173　古罗马废墟上的对话
　　　　　　　　　176　墓地里的朱丽叶

译者序

加西亚·洛尔迦：
在提琴与坟墓之间凿写诗歌

> 我的爱，我的爱，我想要留下
> 提琴与坟墓，华尔兹的绸带。
>
> ——《维也纳小华尔兹》

1936年8月19日，西班牙南部古城格拉纳达郊外。夏日清晨的虫鸣尚未声起，费德里科·加西亚·洛尔迦的胸口即将失去最后的热度。一颗子弹，或许更多。再无其他。吉他的弦崩断了。舞台的灯熄灭了。诗人死在格拉纳达，他的格拉纳达。

一 "我最遥远的童年记忆是土地的味道"[1]

从那个致命的晚夏,让时光倒流三十八年,1898年6月5日,加西亚·洛尔迦出生在格拉纳达近旁小镇一个优渥的家庭,父亲是野心勃勃的农场主,骑术高明,母亲则是智慧而温柔的小学老师。在生命最初的几年里,小洛尔迦跟随母亲学习识字念书,跟随姑姑学习弹吉他和唱歌,在牧羊人、原野和天空的陪伴下度过被宠溺的时光。他为遇见的每一样事物——家具、树木、石头——都分配了特有的个性,并不时同它们说话。大自然及其奥妙总是令他惊奇。家门口的院子里有几棵山杨树,每当有风吹动枝叶,就会发出高低音调如同音乐,而他常常花上好几个小时用自己的声音为山杨树的歌声伴唱。有一天,他意外地听到有一个声音在逐个音节地呼唤他的名字"费——德——里——科——",

---

[1] 加西亚·洛尔迦自述,1928年,《文学报》。

不禁驻足四下张望,却没看见任何身影,耳边依旧持续回荡着那样的呼唤。听了许久,原来是"一棵老山杨树的树枝互相擦蹭发出单音节的声响,哀怨悠长,听起来像我的名字"。(一百多年后,他儿时用过的吉他被追崇他的年轻音乐家重新修好,修复时用上了一种鲜少用于制作吉他的木料,正是山杨木。)

那个延长了许久的童年留给了洛尔迦不竭的乐天性格和始终炽烈良善的笑容,对他人苦难天生的感知力也在那个阶段就有迹可循。四五岁的时候,村子里有两个吉卜赛人经常去他家乞讨,小洛尔迦会趁大人不注意把厨房里能找到的最大块的面包拿给他们。有时候被家里人发现了,问他拿面包干什么,他总是一边回答"那些孩子在饿肚子",一边一溜烟儿小跑把面包拿到门口。他着迷于家中佣人讲的各种鬼怪故事和传说,总是缠着她们学唱民间的谣曲和短歌。这些最贴近土地味道的旋律和情节深深扎根于他年幼的心里,象征着西班牙最真实而伟大的情感和智慧。

1909年,洛尔迦全家搬到格拉纳达城居住,他开始正式拜威尔第的门徒安东尼奥·梅萨为师系统学习钢琴，几年后即已成为家乡小有名气的年轻钢琴家，朋友们都叫他"音乐家"。可贵的是，洛尔迦对音乐的兴趣不仅寄于每日练习的西方古典音乐，更源于西班牙民间音乐的澎湃河流。他和弗拉门戈吉他作曲家、音乐家曼努埃尔·德·法雅结下了亲人一般的情谊，共同举办艺术节，让当时被中产阶级斥为庸俗的深歌艺术重新焕发了魅力。

多年以后，当我们阅读洛尔迦最具代表性的谣曲和深歌诗作时，不难发现它们正是因为吸纳了民间歌谣传统的语言特色而不致落入浪漫主义抒情诗那种无意义堆积冗余辞藻的窠臼。相比同时代其他模仿过深歌形式的诗人，洛尔迦真正将深歌世界里与这一艺术表演形式紧密相关的背景一并呈现，如以下几节诗行中的吉他、橄榄树和油灯：

> 南方炽热的沙
> 渴求白色山茶。
> 哭无靶之箭，
> 哭下午没有明天，

也哭枝头上

第一只死去的鸟。

噢吉他!

五柄剑

洞穿心脏。

——《吉他》

橄榄地

开了又合

像一把扇子。

油橄榄林上方

天空沦陷

冷星

落一场暗雨。

——《风景》

油灯熄灭。

盲眼少女们

向月亮发问

——《过后》

从结构上而言,他的不少作品都是从唤醒一个典型的安达卢西亚[1]场景开始,或是吉他声起,或是歌者的一声"啊咿",随即跟进静默和盘旋的回声,由此实现用诗歌模仿深歌的缓慢推进效果,如《夜曲》中回环往复的对答——"远处的声响/那是什么?"/"爱人,/是风吹动玻璃窗,/我的爱人!"——这一切都与洛尔迦自幼浸淫的环境密不可分。

1917年,洛尔迦在格拉纳达大学就读,夏秋的假期中参与文学课老师组织的游学让他对自己的志业选择有了决定性的转向。那是洛尔迦第一次离开家乡,见识到卡斯蒂利亚和安达卢西亚的广袤土地,旅途中他白天和师友一起走访历史遗迹,参观艺术珍品,夜晚回到房间不停写作。这些挑灯写下的散篇最终于次年结集,成为他出版的第一本书:《印象与风景》。那一年,洛尔迦二十岁。虽然笔触行文尚且稚嫩,但在这本他一生中唯一的散文单

---

[1] 安达卢西亚,西班牙南部的自治区,位于欧洲最南部,其最南端与非洲仅相隔十七海里。特殊的地理位置使其在历史长河中吸收到各种不同的文化。

行本中已经隐约可见他的诗学世界观。在这本处女作的序言中，洛尔迦写道：

> 在我们的灵魂深处，有一样东西超越所有存在。大多数时候，这样东西都在沉睡；但是当我们记起一个美好的远方，当我们为它受苦，这样东西就会苏醒，在它独揽风景的瞬间，这些风景成为我们人格的一部分。所以每个人看事物的方式各不相同。我们的情感比色彩和音乐的灵魂升得更高，只是这些情感几乎不曾苏醒，尚未伸展它们的巨翅，包揽神奇。诗歌存在于一切事物：丑陋的、美丽的、惹人厌恶的；难的是知道如何发现诗歌，如何唤醒灵魂里深邃的湖。

后来，在洛尔迦的早期诗歌中，我们不仅可以读到对自然与风景浸透情感的描摹——从天上的月亮、星星到大地上的树木、昆虫、花朵、果实，还有破晓与傍晚的晨昏，以及四季的风雨云海，还可以领会到声音与色彩的混用带来的听、视觉的通感效果,借此得以进入真实之神秘领地,触摸到外在现实的内在脉搏。可以说,在写下第一首诗之前,诗人洛尔迦已经诞生,而三年后出版的第一部诗集如同对这一伏笔的兑现。

二 "命运指引命运,书繁衍书"[1]

1919年春天,洛尔迦住进了马德里大学生公寓,来自南部的他仿佛从牟利罗[2]的画中走出的人物:深肤色,宽额头,明亮的眼睛,热烈的笑容。闲暇时分他时常在房间里弹琴,引得路过的人流连静听。拉菲尔·阿尔贝蒂[3]记得"那些春天或是初夏的下午和晚上,散步路过他的楼下,时常能听见那深沉的河流涌起万千暗藏的丰饶,西班牙所有的

---

1 冷霜:《影子的素描》。
2 牟利罗(1617—1682),17世纪巴洛克时期西班牙画家,塞维利亚人。
3 拉菲尔·阿尔贝蒂(1902—1999),西班牙重要诗人,与洛尔迦、纪廉、阿莱克桑德雷、塞尔努达同属传奇的"二七年一代"。

声音——深邃的、悲伤的、灵动的、欢快的——尽在其中"。

每当与友人在房间小聚,谈天读诗、天马行空的时候,洛尔迦会抱起吉他即兴弹唱或是朗诵新写的诗行。后来朋友们总会不约而同地在回忆中谈到他令人难忘的声线,那是浸透了情感的、深沉而热烈的声音,有时因喜悦或痛苦而微微颤动,有时则伴随着同样令人难忘的笑声。那是光彩夺目的青春,是自然而难以抵御的力量,直接而强烈地征服了所有在场的人。那是一种完全的生命力,和他当时写下的那些后来收录在《吉卜赛谣曲》和《深歌集》里的诗句一样席卷了整个西班牙。而且,随着诗歌技艺的纯熟,早年仅仅作为西班牙风景在他诗句中出现的自然元素也渐渐剥离了颜色和质地的原指,成为拥有抽象意义的概念,如《色彩》一诗中的月亮即已超越传说与时空的界限,在情感表达上获得了更为丰富的层叠浸染:

巴黎上空的月亮
是丁香的颜色,

到了死去的城市

总会变成黄色。

每个传说里

都有绿色的月亮。

碎玻璃和蜘蛛网

做成的月亮。

还有沙漠上空

深邃血红的月亮。

不过冷白的月亮,

真正的那一轮,

只照在小村庄

沉寂的墓地上。

当然,如同所有伟大的诗人,洛尔迦也有自己的深渊,最熟悉他的人也通晓他的痛苦,深知他自己口中如同"写坏了的剧本"的那部分人生。维森特·阿莱克桑德雷[1]谈到"费德里科也是悲伤的,

---

[1] 维森特·阿莱克桑德雷(1898—1984),西班牙重要诗人,1977年诺贝尔文学奖得主。

是孤独而热切的,他的一生如同一场眩晕……他的内心并不总是快乐的",而达马索·阿隆索[1]记得某一夜众人共同泛舟瓜达尔基维尔河,黑暗里河中央的另一艘船曾经给洛尔迦带去无尽的恐惧:"那种对神秘和死亡的恐惧,仿佛他已经预见到自己的结局。"在洛尔迦因为《吉卜赛谣曲》的成功而声名鹊起的时候,随之而来的嫉妒和攻击也以近乎同样的强度冲击着他敏感的诗人之心。他想重新拥有和保持与周遭世界之间的私密感:"如果说我害怕这愚蠢的声望,完全是因为这一点。人出了名以后的苦涩是不得不胸膛冷冷地穿过人群,而那些人全都提着罩了遮光罩的灯直直地冲着你照。"

不过,无论被热爱还是被嫉妒,洛尔迦始终是忠于自己内心标准的诗人。1927年1月,《歌集》付梓之后,洛尔迦在给豪尔赫·纪廉[2]的信中坦言:"我删掉了好几首韵诗,虽然写得不错,但是我想要更为干净、清明的诗集。剩下的这些诗都是和我

---

[1] 达马索·阿隆索(1898—1990),西班牙重要诗人,也是"二七年一代"中主要担当文学评论的成员。
[2] 豪尔赫·纪廉(1893—1984),西班牙重要诗人,"二七年一代"核心成员。

的身体紧紧缠绕在一起的,我是这本书的主人。就算最后成了糟糕的诗集……我也是这些糟糕的诗的主人。"1928年的夏天,感情受挫、深陷抑郁的洛尔迦在给哥伦比亚作家萨拉梅阿的信中写道:"现在我拥有了破开血管的诗歌,入侵现实的诗歌,就像一种感情,我对万物的爱、对万物的嘲弄都可以在其中得到反映。我整日投身于写诗的劳作当中。"后来洛尔迦的全集编者曾经感叹,这位诗人从来不急于看到自己的作品出版,而是仅仅挂心创作本身,不停想着怎样让作品变得更完美。如他自己在1934年接受采访时说的那样:"诗歌是一种天赐。我完成我的任务,做好我应该做的事,不紧不慢。"当米格尔·埃尔南德斯[1]出版第一本书没什么人注意的时候,洛尔迦也在给他的信中表达了类似的意思:

> 我知道你周围那些唯利是图的人让你痛苦了。但是这会让你学会超越你自

---

[1] 米格尔·埃尔南德斯(1910—1942),西班牙重要诗人,1936年加入西班牙共产党并亲临前线,战后被佛朗哥政权判处死刑,1942年病死狱中,年仅三十二岁。

己,这个可怕的学习过程会赋予你生命。你的书落入一片沉默,正如所有人的第一本书,正如我的第一本书,不管它有多少魅力和力量。继续写吧,读吧,学习吧,战斗吧!别让你的作品变成虚荣。你的书是有力量的,里面有许多有趣的东西。

今天的西班牙正在诞生全欧洲最美的诗歌。只是人们是不公正的。你的第一本书不应该遭受这愚蠢的沉默。不应该的。它值得被注意,值得好的读者去激发它、去爱它。

你会拥有这一切的。因为你有诗人的血液。我亲爱的米格尔,诗集总是走得很慢很慢的。

1929年初,洛尔迦意识到自己必须远离西班牙才能走出当时的"感情昏暗",于是在当年6月乘坐"奥林匹克"号抵达美国,在哥伦比亚大学的学生宿舍住了下来。初抵纽约的诗人体会到震动灵魂的陌生与不解。大萧条时代非人的文明机器的奴役之下，这座城市繁荣快捷的面貌中所隐藏的悲惨令他心悸，他渐渐开始看见摩天大楼地基之下的恐惧、可怖、焦虑与孤独：

> 人生不如梦。当心！当心！当心！
> 我们从楼梯上坠落去吃潮湿的泥土
> 我们在死去大丽花丛的合唱中爬上雪刃。
> 没有遗忘也没有梦，
> 只有鲜活的血肉。一个个吻捆紧嘴唇
> 缠成一团新近的血管
> 因疼痛而痛的人将永远疼痛
> 惧怕死亡的人将永远把死亡扛在肩上。
> ——《不眠之城》

人都懂得与死亡相关的疼痛，
真正的疼痛却不显现在灵魂里。
不在空气里，不在我们的生活里，
不在这些烟雾浓稠的露台上。
真正的、让万物保持觉醒的疼痛
是别的系统无辜的眼中

一个微末而无尽头的灼痕。

——《纽约盲景》

他跟着朋友一起转遍大街小巷，发现了热切的哈勒姆区和蓬勃的黑人文化。在黑人世界的神秘当中，洛尔迦发现了美国之行最精妙超凡的东西，他们有信仰、会盼望，他们与音乐有着最原初的联结，近乎一种纯粹的人性，令他着迷。由此，洛尔迦开始在诗歌中采用大量难解的超现实主义意象来表达高度机械化的文明巅峰与人类原始、野性的本能之间无解的冲撞：

> 南，北，左，右，
> 无动于衷的高墙立起
> 用来抵御鼹鼠和水洞。
> 黑人啊，你们别找了，别想在它的裂缝里找到无尽的面具。
> 不如去找正中心的大太阳吧，
> 它用一只嗡鸣的菠萝做成，
> 滑过一片片森林。

定然遇不见宁芙。

摧毁数字的太阳永远不会与梦境交锋，

纹了身的太阳沿河而下

跟在凯门鳄后面吼叫。

——《哈勒姆之王》

当夏日降临，洛尔迦忙不迭逃至维蒙特山区小住，却发现大自然的温柔此时也无法抚慰尖锐现实的冲击力了，诗学和情感的剧变已经潜移默化地发生。在给友人安赫尔·德·里奥斯的信里，诗人写道：

> 天一直下雨。这家人很友好，极具温柔的魅力；但是这里的森林和湖泊让我进入一种诗意的绝望状态，很难再忍受了。我整日整日写作，到了晚上觉得精疲力竭……现在夜幕降临了。汽油灯亮起来，我满脑子都是我的整个童年装在虞美人和谷物的光芒里。我在蕨菜丛里找到了一个爬满蜘蛛的纺纱杆，湖里连一只唱歌的青蛙都没有。我可怜的心脏急需一杯干邑。

三 "人类的苦痛和世上的不公，让我无法把家搬到星辰之上"[1]

1930年夏天，洛尔迦在停留古巴之后回到西班牙。美洲之行带来的全新体验和冲击在诗集《诗人在纽约》中得到了完全的展现，不过，除了诗歌风格的突变，此番远行也让他重新审视了自己作为西班牙人的身份感和责任感。与此同时，变革也正在下一个街角等待着他的祖国。当时的西班牙有百分之四十的人口生活在人数少于五千的乡村，全国人口中平均每十个人里就有四个是文盲，在乡村和偏远地区文盲的比例甚至达到了七成，城乡之间的差距越来越大。1931年4月，西班牙第二共和国成立，负责教育文化事业的巴特洛梅·科西奥坚信只有知识和教育才能从根本上让西班牙成为一个有能力解决自身危机的现代化新社会，他笃信每个人——无

---

1 加西亚·洛尔迦采访，1936年6月10日。

论生活在城市还是乡村、无论贫穷富裕、无论知识水平高低——都平等地拥有享受文化财富的权利，因而想通过推广文化艺术填补乡村与城市之间的鸿沟。这样的理念恰好与回到西班牙之后想投身戏剧事业的洛尔迦不谋而合。

虽然自幼就对舞台艺术颇有兴趣，此前也写过多部戏剧，但直到从纽约归来，洛尔迦才真正将自己的工作重心彻底从诗歌转移到戏剧创作上，仅在觉得某些主题和冲动让他非写诗不可的时候才诉诸诗行，因为他发现困在诗歌中的情节无法承载和托举伟大诗歌所真正代表的完全的悲剧性："诗歌是在街上走动的东西。它移动着，从我们身侧经过。万事万物都有自己的神秘，诗歌就是万事万物的神秘。而戏剧则是诗歌从书页上立起来，成为活生生的人，在这个过程中，它说话，呐喊，哭泣，绝望。戏剧需要出现在舞台上的人物穿着诗歌的外衣同时又显露出他们的骨头和血肉。"而且，洛尔迦想做的不仅是写作剧本本身，更是组建剧社、实践戏剧抵达观众的最后一步。他对当时西班牙的经典戏剧几乎只供城市里的中上层阶级享受这一事实极为不屑，并曾经这样坦言自己对戏剧艺术的希望："如果楼上包厢里的那些人能够下楼来，如果光能从顶上照下来，就什么都解决了。要知道，西班牙有几百万人从来没有看过戏剧。只要他们看得到，他们该是多么懂戏的一群人啊！"

于是，在第二共和国公共指导部的资源支持下，洛尔迦成立了"大篷车"流动大学生剧社，把诗歌归还田野，把戏剧归还村庄，把西班牙最经典的剧目（主要是塞万提斯、卡尔德隆、洛佩·德·维加的作品）送到工厂和田间地头去演出，那些地方才有他最喜欢的观众："工人，村子里那些简单的人，还有学生。至于那些内心空空的公子哥和上流社会的人，他们不怎么喜欢我们这一套，这一点我们也不在乎。"

排练的时候，洛尔迦对所有的细节都乐此不疲地一一关照到，不仅是演员的表演和声音，还包括灯光、服装、舞台。聂鲁达后来回忆过有一次洛尔迦为了找到真正的 12 世纪的服装，跑遍了埃斯特雷马杜拉被遗忘的角落和村庄，带回来一大堆蓝缎子镶金边的衣服和脖套。在生命最后的五年里，洛尔迦体会到"大篷车"剧社所能为西班牙带来的影响远比自己的诗歌创作更大，因此投注了更多的心血，甚至多次为此放下写了一半的诗或剧本。那几年里，西班牙的政局不断动荡，洛尔迦愈加坚信"艺术家应该和自己的人民一起哭泣和欢笑。应该放下自己的百合花枝，到埋至腰身的淤泥里去帮助那些寻找百合花枝的人"。

1934年，政党更替之后，"大篷车"流动剧社的经费被大幅削减，虽然"大篷车"并无党派归属，这个计划毕竟是第二共和国成立伊始文化战略的一部分，所以在政治极端化的局面之下，遭到了右翼势力公开的质疑和敌意，被斥为浪费公共开支，是"要把红色革命带到西班牙"的扰乱分子。而洛尔迦虽然从来不是一个政治化的作家，但他也不是无动于衷的旁观者，他的立场其实从来都是明确的。在1934年12月15日接受的采访中，洛尔迦说："这个世界上，我永远和穷人站在一边。我永远和那些一无所有、甚至连一无所有所带来的平静都不拥有的人站在一边。"他从来没有将自己生而拥有的特权视为理所当然，而是提出"我们这些在优渥的中产阶级环境中受过教育的、有分量的知识分子应该作出牺牲",因为当天平的一边是"你的牺牲",另一边是"对所有人而言的公正",那么,"哪怕可以预见到即将经历转型的痛苦,我也会用尽全力把我的力量放在这最后的天平上"。世界上的苦难和不公始终牵引着他的目光,让他不可能安坐于室:

> 每天早上我都忘了自己已经写过的东西。这是继续保持谦卑、满怀勇气地工作的秘诀。有时候,我看着世界上正在发生的事,不禁自问:我为了什么写作?但是必须要工作,工作。工作,帮助值得的人。就算有时候你觉得在做无用功也要工作。要把工作当成一种反抗的方式。因为在这个充满种种不公和苦难的世界里,你每天早上醒来都有想大喊"我反抗!我反抗!我反抗!"的冲动。

1936年春天的大选之前,洛尔迦毫无疑问地对由工人和左翼政党组成的人民阵线表示了支持，在当时西班牙最重要的共产主义日报《工人世界》所发表的《知识分子与人民阵线》三百个连署签名中，洛尔迦的名字排在第一个。他还在报纸上对那一年国际劳动节时青年社会主义运动联盟组织的反法西斯游行表示支持，写下："向西班牙的所有工人问好，在这个五月一日团结在一起，渴望一个更加公正、兄弟般的社会。"所有这一切公开的表态，连同洛尔迦的同性取向和在民众中的号召力让他成为后来发动政变、引发内战的长枪党和右翼势力的眼中钉。在内战初年左右翼之间深刻的仇恨和疯狂的互相报复当中，洛尔迦死在了他的格拉纳达。

最后的 6 月，洛尔迦正在写他最终没能写完的组诗《暗沉之爱的十四行》，罕见的那种必须用诗歌表达冲动的时刻，刻画的是此前在他的诗歌中从未直接出现过的同性情欲：

> 两个人辗转的夜，月是满的，
> 我轰然恸哭而你发笑。
> 你轻蔑如神祇，我的嗔怨

是瞬间与鸽子拴于锁链。

两个人难眠的夜。你为
深邃的遥远哭出疼痛的晶莹。
我的苦痛如弥留的挣扎
聚拢在你脆弱的沙之心。

晨曦将我们结于床榻,
无尽的血液漫溢
我们的嘴落在它冻结的喷涌。

日光洒进闭合的阳台
在我已经入殓的心上
生命的珊瑚展开枝桠。

——《无眠的爱之夜》

后来阿莱克桑德雷回忆说:"他给我读他的十四行,热烈、激情、幸福、备受折磨的奇迹,献给爱情的、纯粹炽热的纪念碑,诗人的身体、心脏、灵魂都通往毁灭。我很惊讶,呆呆地看着他说:费德里科，这样的诗需要怎样的爱，需要受过怎样的苦啊。他望着我，笑得像个孩子。"

最后的7月，内战爆发前两天，洛尔迦在马德里做了最后一次剧本朗读，散场后聊及时事，他说："我永远不会当政治家。我是个革命者，因为没有哪个真正的诗人不是革命者。"吃完饭出来，朋友们坐在露天酒吧，洛尔迦突然说："很快，这片空地就会堆满死人。"

四 "死亡只是衔接了这场漂泊"[1]

聂鲁达曾说，洛尔迦活着的时候带给过我们独一无二的快乐，他的英年早逝让我们陷入蔓延一整个世纪的哀悼。时至今日，加西亚·洛尔迦是继塞万提斯之后最为世界所熟知的西班牙作家。对许多人而言，洛尔迦的名字就是西班牙诗歌。

他是最西班牙的诗人，他的诗歌是饮尽西班牙

1　张枣：《跟茨维塔耶娃的对话（十四行组诗）》。

的精髓之后在心脏里咬到的温软苦楚。故乡的原野、橄榄树、吉他、民间歌谣和传说故事都能在他的作品中找到血脉的通联,在他因其反法西斯立场在西班牙内战初年被捕遇害八十多年后,西班牙人依旧在小学课本里、在鸡尾酒的名字里、在街头乐手的弹唱里纪念他。国家剧院门前的小广场上伫立着洛尔迦手捧和平鸽的全身铜像,在他摊开的手心里,一年四季都有过路或慕名前来的人放上新鲜的花束,今年"新冠肺炎"疫情席卷而来的时候,马德里人更是特地为他的铜像也戴上口罩。

他也是被全世界拥抱的诗人。莱昂纳德·科恩和帕蒂·史密斯都从他的作品中获得过源源不断的灵感;布宜诺斯艾利斯的公交车上,仍有从事行为艺术的演员即兴背诵《血的婚礼》选段;纽约布鲁克林区的楼房墙壁上,仍留有油漆喷绘出的洛尔迦的脸庞;乌拉圭一个小镇的大海边,伫立着世界上第一座献给洛尔迦的纪念碑,揭幕那天,来自拉普拉塔河沿岸各地的人挤着大巴车、搭着敞篷车前来参加仪式,盛如国葬。

在中国,由施蛰存先生在 1956 年整理出版的戴望舒先生于20世纪30年代翻译的《洛尔伽诗钞》，曾经让一代又一代的中国新诗诗人如痴如醉，并影响过北岛、顾城、芒克的早期创作。西班牙语翻译家赵振江先生的《加西亚·洛尔卡诗选》、陈光孚先生的《洛尔伽诗选》、诗人王家新的《死于黎明》等汉语译本也为中文读者奉献了丰富的语料来滋养和补全每个人心中对洛尔迦的想象。

今天的我们依旧在阅读洛尔迦，不仅因为他的文字之美、构思之巧，也不仅因为他是横跨诗歌、音乐、戏剧、绘画的全面的艺术家，更因为他是将社会责任感和人道主义精神付诸实践的知识分子。他的诗歌与人生是对西班牙本可能有的一个更好时代的留念与预想，那是保持谦卑、满怀勇气地用写作反抗不公，是替社会底层无法发声的人奔走发声，是把戏剧艺术带到最偏远的乡村，是站在民族的立场上拥抱世界——毕竟，最后的最后，爱的定义，是一个人拥抱另一个人。

对于如我这般的西班牙语诗歌译者，一生之中能有机会出版一个属于自己的洛尔迦译本是莫大的荣幸。《提琴与坟墓：洛尔迦诗选》从原语翻译了他的七十首诗,并另附两则剧本片段,所选篇目写作年代贯穿他整个创作生涯,几乎都是我十多年来阅读洛尔迦的心头最爱。这些诗音韵悠长,感知细腻,想象绝妙,堪称传统与现代技艺的完美结合,字里行间的情绪涌动孤独又热切,融合了极致的快乐和悲伤,让我在翻译的过程中经受了无尽的挑战,也得到了莫大的享受。

在我心里,洛尔迦不仅是天赋异禀的诗人和剧作家,围绕他的生前身后所展开的叙事也使得他成为独特的文化现象与符号,正如他青年时代的同窗、西班牙导演布努埃尔所言,洛尔迦本人就是大师级的作品,他就像一团火焰,很难再找到一个像他这样的人了。也正是基于此,在这篇译序中我更多地讲述了他是怎样的人,至于他是怎样的诗人,就留待他的作品本身来回答吧。

汪天艾

2020 年 6 月

辑一

而今我严肃地

在高等学院

驯养我的爱与梦境

(没有眼睛的马驹)。

背景一片雪原。

夜 曲

  我极为害怕
死去的树叶,
害怕缀满
露水的草场。
我要去睡了;
你若不唤醒我,
我会把我冰凉的心
留在你身旁。

  "远处的声响
那是什么?"
"爱人,
是风吹动玻璃窗,
我的爱人!"

  我用曙光的宝石
串成项链给你。

为何要把我
遗弃在这路上?
你若去了远方,
鸟儿哭泣,
嫩绿的葡萄园
也再不会有佳酿。

"远处的声响
那是什么?"
"爱人,
是风吹动玻璃窗,
我的爱人!"

雪之谜题,
你永远不会知道
我本可以
怎样爱你

在一个个
暴雨如注的破晓
干枯的树枝上
散落了鸟巢。

"远处的声响
那是什么?"
"爱人,
是风吹动玻璃窗,
我的爱人!"

短 歌

夜莺的翅膀
挂着露珠,
凝结在想象里的
月亮的泪光。

喷泉吻上
池水的大理石,
卑微星辰的梦境。

花园里的小姑娘
在我走过的时候
齐齐对我说再见。晚钟
也对我说再见。
树木在黄昏时分
接吻。我一路
从街上哭着走过,
可笑又无解,

像西哈诺，像吉诃德
那样悲伤，

    赎救
时钟的韵律里
不可能的无尽。
我看见百合花
触到我的声音就风干
沾染上血色的光，
而我唱着抒情歌谣
身穿小丑落满灰尘的
华服。美丽的
美幻的爱情躲在
一只蜘蛛下面。太阳
像另一只蜘蛛用它
金色的脚藏起我。我将
不会实现我的命运，
因为我像爱神本身，

哭声为箭矢,
心脏是箭囊。

 我将为他人付出所有
我将为我的受难哭泣,
被抹去的故事里
被遗弃的孩子。

傍 晚

多雨的傍晚疲惫的灰,
行路还在继续。
凋零的树。
　　　　　我的房间,一个人。
老旧的肖像画
没裁开的毛边书……

悲伤沿着家具
沿着我的灵魂滴落。
　　　　　　　也许,
大自然并没有
剔透的胸腔给我。

我心脏的肉体作痛
灵魂的肉体作痛。
　　　　　说话的时候,
我的词语停在空中,

水面上的软木塞。

 只为你的眼睛
我遭此病痛:
属于过往的
和将来的悲伤。

 多雨的傍晚疲惫的灰,
行路还在继续。

星辰时刻

　无尽之地的
五线谱上
夜晚圆润的静默。

　我裸身走到街上，
遗落的诗句
成熟在胸。
蟋蟀的歌让那黑色
满是孔洞，
黑夜的声音里
有死去的
狂妄的火焰。
那是灵魂
感知到的
音乐的亮光。

　千只蝴蝶的骨架

在我的领地里睡去。

　河面上吹过
青春的微风迷狂。

欲 望

只有你灼烧的心脏,
再无其他。

我的天堂是一片空地
没有夜莺
没有里拉琴,
有的是一条隐秘的河
和一小眼泉水。

繁茂枝条上
没有风的利刺,
也没有那颗想当
树叶的星星。

破碎目光的
空地上,
有一道盛大的光

成为
别人的
萤火虫。

　一次明亮的休憩
那一刻我们的吻
像轰鸣的月相
回荡，
推向远方。

　你灼烧的心脏，
再无其他。

有的灵魂……

　　有的灵魂
是启明星的蓝,
时间的叶隙间
凋落的清晨,
无瑕的一角
存有一个关于
梦境与怀恋的
古老流言。

　　有的灵魂
是因激情
生痛的幽灵。虫蛀的
果实。被焚毁的
声音回荡着
从远方来
像一涌影子的
水流。空洞的

回忆里有恸哭
和吻的碎屑。

　我的灵魂
早已熟透,
进而衰败
混同于神秘。
幻梦侵蚀了
青春的石头
落进我
思绪的水潭。
每一块都说:
　"神已远去!"

情 歌

那时我的吻是石榴,
敞开又深邃;
而你的嘴
是纸做的玫瑰。

背景一片雪原。

那时我的手是
砧板上的铁;
而你的身体
暮钟声里的黄昏。

背景一片雪原。

那时穿孔的
蓝色头骨上
我的"我爱你"

倒挂成钟乳石。

　　背景一片雪原。

　　我童年的梦境
锈迹斑斑,
我所罗门式的痛苦
曾经钻透月亮。

　　背景一片雪原。

　　而今我严肃地
在高等学院
驯养我的爱与梦境
（没有眼睛的马驹）。

　　背景一片雪原。

风 景

橄榄地
开了又合
像一把扇子。
油橄榄林上方
天空沦陷
冷星
落一场暗雨。
灯心草颤动
河岸半是阴影。
灰蒙的空气皱起。
橄榄树
膛中载满
呐喊。
被俘获的鸟
结队成群
在阴影里摆动
它们颀长无比的尾巴。

吉 他

吉他的

悲鸣声起。

破晓的

酒杯碎了。

吉他的

悲鸣声起。

止住它

没用的。

不可能

止住它。

单一个音调地哭

像水在哭

像风

在雪地里哭。

不可能

止住它。

哭那些

遥远的东西。
南方炽热的沙
渴求白色山茶。
哭无靶之箭,
哭下午没有明天,
也哭枝头上
第一只死去的鸟。
噢吉他!
五柄剑
洞穿心脏。

静 默

听听吧,我的孩子,听静默的声音。
波澜起伏的静默,
静默之处
山谷和回声沿坡滑落,
静默让我们的额头
贴向地面。

过 后

孩子们望向
远方的一个点。

油灯熄灭。
盲眼少女们
向月亮发问,
空中有哭声
螺线形升起。

群山望向
远方的一个点。

其 后

时间造出的
迷宫
消失了。

（只剩下
沙漠。）

欲望之泉的
心脏
消失了。

（只剩下
沙漠。）

对曙光的幻觉
还有吻
都消失了。

只剩下
沙漠。
波澜起伏的
沙漠。

拂 晓

可弓箭手
和爱情一样
盲了眼。

水绿色的夜里
箭矢
留下炽热百合的
印迹。

月亮的龙骨
破开紫红的云
箭囊里
盛满露水。

啊咿,可弓箭手
和爱情一样
盲了眼。

六 弦

吉他
惹梦哭泣。
迷途灵魂的
啜泣
从它的圆嘴里
逃逸。
像狼蛛
织出一颗硕大的星
捕获叹息,
漂浮在它黑色的
木质雨水池里。

辑二

正午时分
或暗夜沉沉,
说起莎乐芙,
月亮即会出现。

自深深处

一百个痴情人

永远沉睡

干裂的地底。

安达卢西亚

赭红的长路迢迢。

科尔多瓦,橄榄绿树下

立一百个十字架

记得他们。

一百个痴情人

永远沉睡。

驱魔术

蜷曲的手
像美杜莎
遮上油灯
疼痛的眼。

棒花牌A。
剪刀摆成十字。

熏香的白烟
升腾,有点
像鼹鼠还有
迟疑的蝴蝶。

棒花牌[1]A。
剪刀摆成十字。

---

[1] 棒花牌,西班牙民间的一种纸牌花色,牌面上画有一根粗木棒。

压紧一颗不可见的
心脏,你看见那只手了吗?
一颗心脏
映在风中。

棒花牌A。
剪刀摆成十字。

记事簿

等我死了,
要把我和我的吉他
埋进沙子里。

等我死了,
在橘子树
和薄荷中间。

等我死了,
随你们所愿,把我
埋在风向标下面。

等我死了!

城 市

百岁的森林
入侵城市
森林却在大海
深处。

箭矢腾空
战士在
珊瑚的枝桠里
迷了路。

新起的房屋上方
一片圣栎摇晃
天空翻涌
玻璃的巨浪。

纸玫瑰

那个男人,
掌管广袤星群,
阿特拉斯,
多彩的星辰,
在火把的
烧痕里迷失。
那个男人,
笑的云团,
为童年的风
送去
玫瑰。
那个男人,
秋天的幻影,
为死去的孩子
留存玫瑰
用一只风筝
送上天去。

色 彩

巴黎上空的月亮
是丁香的颜色,
到了死去的城市
总会变成黄色。

每个传说里
都有绿色的月亮。
碎玻璃和蜘蛛网
做成的月亮。
还有沙漠上空
深邃血红的月亮。

不过冷白的月亮,
真正的那一轮,
只照在小村庄
沉寂的墓地上。

莎乐美与月亮

月亮是莎乐美的
姊妹（古代故事里
那位女士会
咬住死去的嘴）。

莎乐美是日落。
眼睛
和嘴唇的
一次日落。

月亮是恒久的
日落。
延续的
谵狂的
下午。

莎乐美对熊

无岸的爱意
不为它的言语
只因它的头颅,
荒漠中的水母,
是一轮黑色的月亮,
一轮不可能的月亮,
烟雾弥漫睡意蒙眬。

莎乐美是蛹
月亮是茧,
昏暗的宫殿笼着
影子的蛹。

水面之上月亮颤动。
灵魂之上莎乐美颤动。
至高的美,
想把吻

变成星辰!

正午时分
或暗夜沉沉,
说起莎乐美,
月亮即会出现。

记事簿

我们死的时候
会带走
一组天空的
风景。

(破晓的天空
夜晚的天空。)

我却听说
死人
记得的
只有
仲夏的天空,
墨黑的天空
被风
吹动。

末 日

世界的末日
来了
可怖的审判
定了。
星群的灾难
发生了。

夜空
是一片荒漠,
荒漠尽是
没有主人的灯火。

银质的人群
融进
神秘之地的
浓稠酵母。

我们坐在
死神的船上,感觉
赌上了性命,
我们是鬼魂了!

四下望去
皆死寂。
夜空
是废墟,
是回声。

作 别

我在十字路口
作别
踏上通往
我灵魂的路。

唤醒了记忆
唤醒了恶时辰
我要抵达的小花园
有我白色的歌谣
我会开始颤抖
像晨光里的星。

最初(最后)的沉思

时间

是夜晚的颜色。

静止的夜晚。

硕大的星体之上,

永恒

凝固在十二点。

时间在它的高塔里

永远沉睡。

所有的时钟

都欺骗我们。

时间已有

自己的地平线。

斯芬克斯时刻

你的花园里盛开着
被诅咒的星辰。
我们在你的弯角之下
出生死亡。
冰凉的时刻!
你把抒情的蝴蝶
收进石头屋顶
坐在蔚蓝当中
你剪断翅膀
和界限。

敞开的门

敞开的门
总是通往深渊
房子若是古旧
深渊更是深邃。

门
成为门的时刻
是当一个死人
从门里走出
钉在十字架上,哀痛地望向
血色晨光。

跨过每道
门槛都是如此
费力的劳作!
我们看见门里有盏灯
盲了眼

或是一个小姑娘
害怕暴风雨。

传奇故事里
门总是关键。
双瓣玫瑰
被风吹开
又掩上。

小小少女

为什么我记起你
是三月的雨里
刚放学的时候?

他们叫你
雪中小鸟。一个寄宿生
递给你他的玫瑰。后来
一根羽毛从你身上落下
我用它来写诗。
那样小小一根,而你
全然不知!

辑三

我长了

七颗心脏。

而我的心我却找不到。

孤 独

我抛下外衣
折皱我的心脏。
我的心脏雾气涌动。
蓝之密林
遮蔽大地的时候,
我的心脏仍会继续
浸没在雾气里。

　蓝色的河。
我找寻我旧日的吻。
我独有的那一刻的吻。
我的嘴,熄灭的
灯,
找寻它的光。

　蓝色的河。
却有过

成堆的吻，
被抹除的嘴留下模具，
也有永存的吻
流连如蜗牛
黏附象牙白的桅杆。

船停下来。
无韵律的静谧，
我登上甲板
穿着我的抒情外衣。

那些诡秘的吻
淹没我，
如同灵魂制造的
肥皂泡。
而我的灵魂此刻
沿着北方冰冷的灰烬

逃离。

蓝色的河。

哲学家的最后一次散步

牛顿

散着步。

死神刮拨着吉他

追随他。

牛顿

散着步。

蠕虫啃噬

他的苹果。

风啸树丛里

水鸣枝桠下。

华兹华斯准会哭泣。

哲学家摆出

难以置信的姿势

等待着又一只苹果。

他从路上跑过

趴伏在水边

面庞浸没在

大月亮的倒影里。

牛顿

哭了起来。

高挺的雪松上两只

老迈的猫头鹰交谈

深夜里智者

缓步回家

梦见巨大的

苹果金字塔。

情 歌

一

像水上同心的
波纹,
你的词语
化开在我心上。

像一只鸟撞进
风里,
我的嘴唇
覆在你的吻上。

像泉眼朝着
整个下午敞开,
我漆黑的眼眸
落在你的体肤上。

二

我被囚在
你的
同心圆里。
像土星
周围
我梦中的
光环。
最后的我没有陷落
也没有上升
爱人啊!
我的身体
漂浮在你的吻
滞流的地方。

长有七颗心脏的少年之歌

我长了
七颗心脏。
而我的心我却找不到。

妈妈,我在高山顶上
磕绊着撞上了风。
七个女孩伸长了手
把我装在梳妆镜里带走。

我用我七片花瓣的嘴
唱着歌环游世界。
我用苋草编成的大帆船
没有索绳和桨橹照样航游。

我经历过别人的
风景。我喉管
周围的秘密

逐个敞开——趁我没注意!

妈妈,我在高山顶上
(回声之上,我的心
在一颗星星的相册里)
磕绊着撞上了风。

我长了
七颗心脏。
而我的心我却找不到。

从此处

告诉我的朋友
我已死去。

森林的震动之下
水流依旧鸣唱。

告诉我的朋友
我已死去。
(杨树林怎样掀动
声波的黑纱!)

说我死的时候
眼睛还睁着
我的脸上盖着
那一抹蓝
不朽的绢布。

啊咿!

说我走的时候没有面包
能给我的启明星。

小学生之歌

星期六。
（花园的门。）

星期天
（灰色一天。
灰灰的。）

星期六。
（蓝色的箭。
有微风。）

星期天。
（有岸的海。
终点。）

星期六
（种子,

震动着。)

星期天。
(我们的爱变成
　金黄色。)

海 螺

有人为我带来一只海螺。

地图上的一片海
在里面对它唱歌。
我的心里
满是海水
有幻影般银色的
小鱼。

有人为我带来一只海螺。

风 景

下午错穿上
凉意。

透过浑浊的
玻璃窗,所有的孩子
都看见一棵金黄的大树
变成鸟群。

下午沿河岸
伸展。
苹果羞红了脸
在瓦檐上颤动。

对少女的耳语

  我不想,
不想对你说什么。

  我在你的眼睛里
看见两株迷狂的小树。
有清风,有笑意,有黄金。

  小树摇晃着。

  我不想,
不想对你说什么。

哑巴街

　静止的玻璃门后面
少女嬉闹着笑意。

　　　（空钢琴里,
　　蜘蛛耍起木偶戏）

　少女同情郎说话
晃动着编紧的辫子。

　　　（扇子、披肩、
　　手的世界。）

　情郎应答着,黑色的披风
变出翅膀与花束。

月 升

　　月亮出来的时候
钟声消失不见
走不穿的小路
出现。

　　月亮出来的时候，
海水覆上陆地
心脏就像
无尽里的岛

　　满月之下
无人吃橘子。
必须要吃
冰冻的绿色水果。

　　月亮出来的时候
它有一百张一样的面孔，

口袋里

银币在啜泣。

一周年

那个女孩从我额前走过。
多熟悉的感受!

我问自己:墨水,
纸张和诗句,于我何用?

你的体肤在我心里
像殷红的百合,像清新的灯心草。

圆月的摩尔女孩。
你想要我的渴望怎么样?

疯孩子

我说:"下午好。"
可是并非如此。
另外有一个下午
已经走开了。

(光线耸了耸肩
像个小姑娘。)

"下午好。"可是没用的!
这个下午是假的,这个下午挂着
半个铅做的月亮。
另外那个下午永远不会来。

(所有人都看见,光线
和疯孩子一起玩"木头人"。)

另外那个下午小巧

以石榴为食。
这一个却又大又绿,我
抱不起来也没法打扮它。
那一个不会来了吗?它是什么样的?

　　(渐远的光线开了个玩笑。
疯孩子离开了自己的影子。)

道 别

等我死了,
要把阳台门开着。

小男孩吃橘子。
(我从阳台看得到。)

割麦人割下麦子。
(我从阳台听得到。)

等我死了,
要把阳台门开着!

辑四

人生不如梦。当心!当心!当心!

……

因疼痛而痛的人将永远疼痛

惧怕死亡的人将永远把死亡扛在肩上。

自 杀
——或许因为你不懂几何学

年轻人忘了自己。
那是早上十点钟。

他的心脏逐渐塞满
碎翅膀和破布花。

他留意到嘴里
只剩一个词语。

摘掉手套的时候,手中,
落下,松软的灰烬。

阳台上能看见一座尖塔。
他感觉自己是阳台是尖塔。

无疑,他看见,停摆的钟
怎样从钟柜里望着他。

他看见，白色的丝质长沙发上，
自己的影子蔓延，停滞。

　　几何图形般的僵直的年轻人，
用一把斧头砸碎镜子。

　　镜子碎开的时候，影子汹涌而出，
淹没他虚幻的卧房。

最初的欲望之歌

在绿色的清晨,
我曾想过做一颗心。
一颗心。

而今我想留在你的岸边。
爱之花。
那喀索斯的神话。

你白色的眼眸里
浪花与沉睡的鱼交错。
鸟儿和蝴蝶在我眼中化作
日本图案。

小巧的你庞大的我。
爱之花。
那喀索斯的神话。

那几只青蛙如此灵巧
却不住地搅扰
镜面里对望的
你的迷狂我的迷狂。

　　那喀索斯的神话。
我的痛苦。
和我的痛苦本身。

格拉纳达,1850年

我从窗口
听见喷泉。

葡萄藤伸出一根手指
伙同一缕太阳光,
指出我的心
所在的地方。

八月的空中
浮云游动。我,
在喷泉里,
梦见我没做梦。

散步归来

被天空刺杀。
在前往蛇形和寻找
玻璃的种种形态之间
我要任由我的头发生长。

有不唱歌的残断树
有孩童蛋白色的脸。

有头颅破碎的小动物
有褴褛的水干瘪的脚。

有罹患聋哑疲倦的全部
有墨水瓶里溺死的蝴蝶。

我用每天不同的面孔跌撞着。
被天空刺杀!

1910年
　　——幕间休息

我那双1910年的眼睛

没看见过掩埋死人,

没看见过灰烬集市,它属于破晓时恸哭的人,

也没看见过颤抖的心像一小只海马无路可逃。

我那双1910年的眼睛

看见过女孩子小便的白墙,

看见过公牛嘴,毒蘑菇,

看见过不可理喻的月亮照亮每个角落,

还有酒瓶坚硬的黑色底下干柠檬的碎块。

我那双眼睛在矮脚马的脖子上

在睡着了的圣罗莎哀痛的怀抱里,

在爱情的屋顶上(有呻吟有清凉的手)

在猫吃青蛙的花园里。

阁楼上的旧灰尘召集雕像与苔藓。

盒子里存有被吞食的螃蟹的沉默。
梦境与梦境的现实冲撞的地方，
有我那双小小的眼睛。

什么都别问我。我见过万物怎样
在找寻各自轨迹的时候找到虚空。
无人的空气里有空心人的疼痛
我看见盛装的造物无一赤裸！

黑人的法则与天堂

他们憎恨鸟的影子
投在白脸颊的满潮
憎恨光和风的冲撞
在冰冷雪地的厅堂。

他们憎恨无形体的箭矢，
道别时分毫不差的手帕，
憎恨保持按下的玫瑰色尖针
扎进微笑时稻麦的羞红里。

他们钟爱荒置的蓝，
牛摇摆不定的表情，
极点上骗人的月亮，
拍岸的水摇曳的舞姿。

他们用树干和耙子的知识
在黏土里塞满发光的神经

滑润地溜过水面和沙地，品鉴
自己千年的唾液里苦涩的新鲜。

那是生脆的蓝，
没有蛆虫没有睡着的脚印，
在蓝的里面鸵鸟蛋永存
舞动的雨完好地闲荡。

那是没有历史的蓝，
某个夜晚不惧怕白天的蓝，
那蓝的里面，风的赤裸渐次折断
空云骆驼的梦游。

躯干在草地的饕餮下做梦。
珊瑚吸干墨水的绝望，
一列蜗牛底下梦中人擦去各自的侧影
最后的灰烬上方留下了舞的空间。

哈勒姆之王

用一把勺子
他挖出鳄鱼的眼睛
捶击猴子的屁股。
用一把勺子。

永恒的火焰在燧石中沉睡
茴芹酒灌醉的金龟子
忘记了村庄的苔藓。
长满菌菇的老人
走到黑人恸哭的地方
国王的勺子嘎吱作响
运送腐水的罐车到了。

玫瑰沿着空气
最终波动的刃逃离，
成堆的藏红花里
孩童捣碎小只松鼠

狂乱的羞红沾脏了脸。

必须穿过桥梁
必须抵达黑色的声响
才能让肺部的香气
用它炙热菠萝的外衣
捶打我们的太阳穴。

必须杀死售卖甘蔗酒的金发人,
杀死苹果和沙地所有的朋友;
需要攥紧拳头击打一把菜豆
它们颤抖着充满气泡,
才能让哈勒姆之王和他的人群一道歌唱,
才能让鳄鱼在月亮的石棉底下
排成长列睡觉,
才能让任何人都无法怀疑
厨房里毛掸子、刨子、铜器和浅口锅无尽的美。

哈勒姆！哈勒姆！哈勒姆！
没有什么痛苦比得上你被压紧的红色，
比得上你在黑暗日食正中震动的血液，
比得上你石榴色的暴力，晦明里又聋又哑，
比得上你伟大的囚徒国王，穿着门房的制服。

* * *

黑夜长有裂缝和静止的大理石蝾螈。
那些美国少女
肚子里装着孩子和钱币
而那些少年在伸懒腰的十字架前昏迷。

就是他们。
就是他们在火山近旁喝下银质威士忌
吞咽被熊的冰山撕碎的心脏残片。

***

那一夜，哈勒姆之王用坚硬无比的勺子
挖出鳄鱼的眼睛
捶击猴子的屁股。
用一把勺子。

黑人哭着，分不清
雨伞和金色的行星，
穆拉托人抻开树胶，急于得到白色的身躯，
风刮花了镜子
折断舞者的血管。

黑人啊，黑人啊，黑人啊，黑人啊，

在你们仰卧的夜晚血液没有大门。
没有羞赧。皮肤之下烈怒的血液。

活在匕首的背脊活在风景的胸膛,
活在天穹之月巨蟹宫的鳌和花簇下方。

那血液在千条路上寻找裹上面粉的死亡和晚香
　玉的灰烬,
僵直的层层天空,倾斜着,那里面行星的殖民地
和被遗弃的物品一道在海滩上滚动。

那血液用眼梢缓缓张望,
由细茎针茅榨成,地下的神酒。
那血液在一个脚印里氧化了不经意的信风
溶解了窗玻璃上的蝴蝶。

那是正在到来的血液,是将要到来的血液,
从房顶上屋顶上,从所有地方,
它要焚烧金发女人的叶绿素,
要在床脚呻吟,面对盥洗池的无眠,

在烟草和黄色底层的朝阳里碎裂成星空。

必须要逃啊!
从角角落落逃离,关进最高的楼层,
因为森林的骨髓就要穿透缝隙
在你们的肉体里留下日食的轻渺印迹
还有褪色手套和化学玫瑰的虚假悲情。

* * *

智慧无限的静默里
侍应生、厨子和用舌头清扫
百万富翁伤口的人
在街上或者硝石的拐角处寻找国王。

一股木质的南风,斜插在黑色的烂泥里,

冲破碎的大船吐口水,把小钉子钉进肩膀。
一股南风带走
獠牙、向日葵、字母表
和一节伏打电池,那上面有溺死的胡蜂。

用单目镜上的三滴墨水表达遗忘。
而表达爱情的是石头表面一张不可见的面庞。
骨髓和花冠在云层之上形成
茎的荒漠,没有一朵玫瑰。

南,北,左,右,
无动于衷的高墙立起
用来抵御鼹鼠和水洞。
黑人啊,你们别找了,别想在它的裂缝里
找到无尽的面具。
不如去找正中心的大太阳吧,
它用一只嗡鸣的菠萝做成,

滑过一片片森林。
定然遇不见宁芙。
摧毁数字的太阳永远不会与梦境交锋,
纹了身的太阳沿河而下
跟在凯门鳄后面吼叫。

黑人啊,黑人啊,黑人啊,黑人啊,

再不会有蛇、斑马或骡子
在死的时候变得苍白。
砍柴人不知道他截断的
喧闹树木何时会过期。
就在你们国王植物般的影子底下等待吧
等待毒芹、刺菜蓟还有荨麻
搅浑后面的屋顶平台。

到那时候,黑人啊,到那时候,那时候

你们就能狂热地亲吻自行车的轮子，
在松鼠的洞穴里装上成对的显微镜
你们就终于能毫无疑问地起舞，浑身尖刺的花朵
在临近天堂的灯心草丛里暗杀了我们的摩西。

戴上假面的哈勒姆！
被无头的盛装人群威胁的哈勒姆！
你的声音抵达我，
你的声音穿过树干和电梯抵达我，
经过灰色的薄板，
那上面飘浮着你盖满牙齿的汽车，
经过死去的马群和微小的罪行，
经过你绝地里的伟大国王，
他的胡子一直长到大海里。

呕吐人群风景画
　　——康尼岛傍晚

胖女人从前面走来

拔除根茎,沾湿了鼓的羊皮纸。

胖女人,

翻出濒死章鱼的内里。

胖女人,月亮的敌手,

跑过一条条街一个个不住人的公寓

在角落里留下鸽子的小头骨

掀起最近几个世纪宴饮的狂怒

清扫过的天上,她在小山之间召唤面包的魔鬼

在地下交通里滤走光的急促呼吸。

全是墓地。我知道的。全是墓地,

是埋在沙滩底下的厨房的疼痛。

死人、环颈雉和别的时刻的苹果

在喉管里推着我们。

呕吐物的密林里传来声响

有空心的女人,热蜡做的孩子,

发酵的树木,还有不停歇的侍应生
在口水的竖琴底下送上一盘盘盐。
没办法,我的孩子。吐吧!没办法。
不是轻骑兵吐在妓女胸上的那种,
也不是那只意外吞下青蛙的猫的呕吐物。
而是死人在用他们泥做的手抓挠
燧石的门,阴云和甜点在那里面腐烂。

胖女人从前面走来
和轮船上的、酒馆里的、花园中的人一起。
呕吐物精巧地震动着他们的鼓
周围是几个血做的小姑娘
祈求月亮的保护。
我啊!我啊!我啊!
我这目光曾是我的,却已不是了。
这目光因为酒精赤裸地颤抖
从码头的海葵当中

送走不可思议的轮船。
我用这目光捍卫我
它从黎明不敢相对的波涛中涌出。
我,没有手臂的诗人,迷失在
呕吐的人群当中,
没有热切的头发来削去
我太阳穴上稠密的苔藓。
而胖女人还在前面走着
人们寻找让苦涩回归线
定格的药店。
只有当旗子升起,最早的几只狗也抵达
整座城市才会在码头的栏杆上蜂拥。

小便人群风景画
——巴特利街夜曲

只剩下他们自己了。
等候最后几辆自行车的速度。
只剩下他们自己了。
等待日本帆船上一个孩子的死。
他们和她们都只剩下自己了。
梦见垂死的鸟儿微张的喙尖,
梦见尖锐的阳伞戳扎
新近被压扁的蟾蜍,
抵抗住月亮暴力攻击的狭道里,
长有一千只耳朵和一千张
水流一般微型嘴巴的寂静笼罩着。
帆船上的孩子哭着,心脏纷纷破碎
为万物的见证与不眠苦恼
也因为黑脚印的天蓝色地面上
那些黑暗的名字、口水以及镍的电台还在嘶叫。
那孩子在被钉上最后一颗大头针的时候噤了声,
 这不重要。

微风在棉花的花冠里失败了,这也不重要。
因为存在一个死后的世界,那里有确切的水手
会沿着弧弯出现,把我们冻在树的背后。
想要寻找让夜晚
忘记它旅途的河道没有用,
伏击那寂静没有用,假如它没有
破烂外套没有面具没有哭嚎,
因为单是蜘蛛的小型会饮
就足以打破整个天空的平衡。
救不了日本帆船上的悲鸣,
救不了黑暗里那些在街角跌撞的人。
草场咬着自己的尾巴想把全部的根汇于一点
线团在绊根草里寻找它对长度不满而生的焦虑。
月亮!警察。跨太平洋的警笛!
马鬃和烟雾的正立面,海葵,橡胶手套。
一切都在夜里破碎,
夜晚在露台上敞开腿。

一切都在浑浊的管道里破碎
一座沉默的恐怖喷泉的管道。
人啊!小女人啊!士兵啊!
必须在愚人的眼睛里旅行,
空地上迷眼的黄铜徐缓地呼啸,
墓地填满风景出产最新鲜的苹果,
为了让不受拘束的光降临——
富人在放大镜后面害怕那样的光,
单单一具尸体的气味加上来自百合与老鼠的双重
　喷涌,
也为了烧掉这些人,他们小便,在一声哀嚎周围
在能理解从不重复的波浪的玻璃上面。

杀 人
——清早河畔路上两个声音

"怎么样的?"
"脸颊裂开一道"
就这样!

不眠之城
——布鲁克林桥夜曲

天空中没有人睡去。没有人,没有人。
没有人睡去。
月亮上的造物探闻着围着茅屋打圈
活蜥蜴要来啃噬还没睡的人
心碎而逃的人会在街角遇见
不可思议的鳄鱼静止在星辰温软的抗议下面。

世界上没有人睡去。没有人,没有人。
没有人睡去。
最远的墓园里,有个死人
哀诉了三年
因为膝盖上有干枯的风景
今早刚下葬的男孩哭得太凶
非得喊狗群来才让他闭嘴。

人生不如梦。当心!当心!当心!
我们从楼梯上坠落去吃潮湿的泥土

我们在死去大丽花丛的合唱中爬上雪刃。
没有遗忘也没有梦,
只有鲜活的血肉。一个个吻捆紧嘴唇
缠成一团新近的血管
因疼痛而痛的人将永远疼痛
惧怕死亡的人将永远把死亡扛在肩上。

有一天
马群会住进酒馆
而激愤的蚂蚁
会群起攻击躲进母牛眼睛里的层层黄色天空。
另有一天
我们会看见标本蝴蝶复活
继续在灰色海绵与沉默船只的风景里前行
我们会看见我们的戒指发亮我们的舌头吐露玫瑰。
当心!当心!当心!
当心那些还保留着大雨和泥点印迹的人!

当心那个因为不会发明大桥而哭泣的少年
当心那个只剩下头和一只鞋的死人,
要把他们带到围墙下,那里有蜥蜴和蛇等着,
有熊的牙齿等着,
有孩子风干的手等着,
还有骆驼皮悚然地打着暴烈的蓝色寒战。

天空中没有人睡去。没有人,没有人。
没有人睡去。
要是有谁闭上了眼,
就抽打他!我的孩子们,抽打他!
让所有的眼睛都睁开
让所有的溃烂都燃烧
世界上没有人睡去。没有人,没有人。
我已经说过了。
没有人睡去。
要是夜里有谁的太阳穴上青苔过盛,

就把活板门全打开去看看月亮下面
伪劣的酒杯、毒药还有剧院的骷髅。

纽约盲景

假如不是群鸟
灰烬覆盖的群鸟,
假如不是拍打着婚礼窗户的哀嚎,
就会是空中精巧的生灵
涌出新的血液漫过扑不灭的黑暗。
但是,不是的,不是群鸟。
因为群鸟正要成为阉牛。
可能是月亮相助下发白的岩石,
而在法官升起幕布以前,
总是一些受伤的少年。

人都懂得与死亡相关的疼痛,
真正的疼痛却不显现在灵魂里。
不在空气里,不在我们的生活里,
不在这些烟雾浓稠的露台上。
真正的、让万物保持觉醒的疼痛
是别的系统无辜的眼中

一个微末而无尽头的灼痕。

一件被遗弃的西装在肩头沉重
天空多少次把那些肩膀笼成生硬的一堆；
分娩时死去的女人在最后时刻知道了
所有的声响都将是石块，所有的脚印都将是脉搏。
我们无视了思想也有郊区
哲学家在那里被华人和毛虫吞食
几个傻孩子在厨房里找到了
挂着拐杖的小只燕子
它们懂得发出"爱"这个字眼。

不是的，不是群鸟。
一只鸟表达不出池塘里浑浊的高烧、
每时每刻挤压着我们的想要杀人的冲动、
每个清晨鼓动着我们去自杀的金属声音。
而是一只空气胶囊，我们所有人在里面疼痛，

是一个活着的狭小空间,与光的疯癫同音,
是不确形的阶梯,那上面的云和玫瑰忘记了
华人的喧嚣还在血的码头沸腾。
我曾多少次迷路
为了寻找让万物保持觉醒的灼痕
我只找到从栏杆上翻身跳下的水手
还有天上的微末生灵埋葬在雪地里。
真正的疼痛却在别的空场
树干里晶体化的鱼走向消亡;
天色怪异的空场献给完好的古代雕像
献给每座火山温柔的亲密。

声音里没有疼痛。只有牙齿存在,
却是被黑色缎子孤立嚌声的牙齿。
声音里没有疼痛。这里只有地球存在。
地球和它永恒的门户
通往果实的羞红。

曙 光

纽约的曙光有

四根淤泥立柱

黑鸽子的风暴

拍溅腐水。

纽约的曙光

在蔓延的楼梯上嘶嚎

在每个边角之间寻找

描绘出焦虑的晚香玉。

曙光降临，没人用嘴接住它

因为没有明天没有可能的希望：

有时候，群情激愤的硬币

钻透并吞食被遗弃的孩子。

最早出门的人切骨地明白

不会有天堂或是凋落的爱：

他们知道自己去往数字与法条的淤泥，

毫无艺术的游戏，不结果实的汗滴。

没有根的知识厚着脸挑战晨光，

晨光被锁链和喧嚣埋葬。
有失眠的人摇晃着穿过街区
像是刚走出一场血的海难。

维也纳小华尔兹

在维也纳有十个女孩,
一个肩膀让死亡啜泣
还有一个鸽子标本的森林。
冰霜博物馆里一块
早晨的碎片。
一千面窗户的大厅。

啊咿,啊咿,啊咿,啊咿!
别张嘴,跳上这支华尔兹。

这支华尔兹,华尔兹,华尔兹,
关于它自己,死亡,还有干邑,
在大海里沾湿尾巴。

我爱你,我爱你,我爱你,
凭着扶手椅和死去的书,
穿过忧伤的长廊,

百合的黑暗阁楼上,
我们的月亮床上
海龟梦见的这支舞里。

啊咿,啊咿,啊咿,啊咿!
跳上这支折断腰肢的华尔兹。

在维也纳有四面镜子
你的嘴和回声在里面嬉戏。
有钢琴之死
把男孩全涂成蓝色。
屋顶上有乞丐。
流泪的新鲜花冠。

啊咿,啊咿,啊咿,啊咿!
跳上这支死在我怀里的华尔兹。

因为我在孩童嬉戏的阁楼上爱你,
我爱你,我爱你,我的爱,
在温凉午后的窸窸窣窣里
梦见匈牙利的旧灯光,
在你额上的黑色沉默里
看见绵羊和百合如雪皑皑。

啊咿,啊咿,啊咿,啊咿!
跳上这支《我永远爱你》的华尔兹。

在维也纳我将同你起舞
伪装成
河流之主。
看我这岸边多少茉莉!
我要把嘴留在你腿间,
把灵魂留给照片、晚香玉
还有你徘徊的暗涌,

我的爱,我的爱,我想要留下
提琴与坟墓,华尔兹的绸带。

辑五

格拉纳达是一轮月亮
在藤蔓间窒息。

用我狂喜秋天的树叶
装饰你的河流吧。

献给初生的玛尔瓦·玛丽娜·聂鲁达的诗

玛尔瓦·玛丽娜,谁能看见你
旧浪之上爱的海豚,
当你美洲的华尔兹里滴下
濒死鸽子的毒与血!

黑夜在岩石上吠叫
谁能掰断它暗沉的脚
谁能停下这广袤悲伤的风
让它不要用阴影换走大丽花!

白色的大象正在思考
是给你一柄剑还是一朵玫瑰;
爪哇,钢的火焰,绿色的手,
智利的海,华尔兹还有王冠。

玛尔瓦·玛丽娜,马德里的小小女孩,

我不想给你蜗牛或者花;

一捧盐一束爱,天蓝色的火光,

我念着你把它们放在你嘴上。

突如其来的爱情

无人懂得你小腹上
暗沉玉兰的香气。
无人知晓曾有爱的蜂鸟
在你的齿间殉难。

千匹波斯马驹在广场
沉睡,月光照你前额,
而我连起四个晚上,
你的腰际,与雪为敌。

石膏与茉莉当中,你的目光
一束结籽的苍白枝桠。
我曾寻觅,用我的胸膛,
给你象牙字母拼成的"永远"。

永远,永远:我弥留的花园,

你总是在逃的身体，

我口中含着你血管里的鲜血，

你口中已无光亮能给我的死亡。

绝望的爱情

黑夜不愿来
好让你不来,
我也不去。

但我会去的,
就算太阳的蝎子吃掉我的太阳穴。

但你会来的
带着被盐雨灼伤的舌头。

白天不愿来
好让你不来,
我也不去。

但我会去的
咬碎的康乃馨交给蟾蜍。

但你会来的
黑暗中沿着浑浊的水道。

黑夜白天都不愿来
好让我为你而死
你为我而死。

不容看见的爱情

唯有谛听

守夜的钟鸣

我为你戴上马鞭草王冠。

格拉纳达是一轮月亮

在藤蔓间窒息。

唯有谛听

守夜的钟鸣

我撕裂我卡塔赫纳的花园。

格拉纳达是风向标旁

一头玫瑰色母狍。

唯有谛听

守夜的钟鸣

我在你身体里焚烧
不知你是谁。

死去的孩子

每个下午在格拉纳达,
每个下午一个孩子死去。
每个下午河水坐下来
同友人说话。

死去的孩子长出青苔翅膀。
浓云的风与清朗的风
是两只围塔盘旋的环颈雉
而白天是一个受伤的少年。

空中不留一丝云雀的踪影
当我在佳酿的岩洞里找到你。
地上也不见云的碎屑
当你溺亡在河里。

水的巨人坠落在山上
山谷滚落裹挟百合与狗。

塔马里特的树林里

有许多孩子蒙着面庞

等待我的枝桠纷落，

等待它们自行折断。

躺卧的女人

见你赤裸就想起了地球,
平滑的地球,扫清了马匹。
也没有灯心草,纯粹的形态
不向将来敞开:银质的天际。

见你赤裸就理解了雨
寻觅纤弱腰线的苦恼。
或是海的灼烧,浩渺面庞
找不到点亮脸颊的光。

血的声音在卧房里回响
它会带着闪光的刀剑前来,
你却不知道蟾蜍的心脏
或紫丁香都在何处躲藏。

你的小腹是根源之争,
你的嘴唇是没有轮廓的黎明。

床榻温凉的玫瑰之下
死人呜咽着依次等待。

不可能的手

我只想要一只手,
一只受伤的手,假若可能。
我只想要一只手,
哪怕度过一千个没有床榻的夜晚。

它会是一朵苍白的石灰百合,
会是一只鸽子捆紧我的心,
会是守夜人在我过路的晚上
决然地禁止月亮通行。

我只想要那只手
为了每日的敷油礼事和我弥留之际的白床单。
我只想要那只手
为了拥有我之死亡的一边翅膀。

余下的都会过去。
已是无名的羞赧。恒久的星体。

余下的都是其他。悲风里,
树叶结队逃离。

甜蜜嗔怨的十四行

别让我失去你雕塑般的眼里
那奇迹,别让我失去
那音调,每个夜晚在我面颊
放下你的吐息里唯一的玫瑰。

我害怕我在此岸是
不发枝条的树干;最遗憾
没有花,没有果肉或黏土,
能给我苦难里的蠕虫。

假如你是我隐秘的珍宝,
假如你是我的十字架我透湿的痛苦,
假如我是你麾下的狗,

别让我失去已经赢得的一切。
用我狂喜秋天的树叶
装饰你的河流吧。

爱的创伤

这光,这吞噬的火。
这环绕我的灰色风景。
这疼痛只为一个念头。
这痛苦天空世界小时。

这血的恸哭装饰
已无脉搏的竖琴,靡靡的松明。
这大海的重量拍打我。
这蝎子在我胸膛栖居。

它们是爱的花冠,伤口的温床,
那里面,无梦的时候,我在
我塌陷胸口的废墟里梦见你。

我本寻觅谨慎的峰顶,
你的心却给我蔓延的山谷
长着毒芹和苦涩知识的激情。

诗人请求他的爱人写信给他

我内心的爱人,活着的死亡,
我徒劳地等候你书写的词语
伴着凋零的花,我想,
若要没有自我地活着,我愿意失去你。

空气不会朽变。无生命的石头
不认识也不回避阴影。
内里的心脏并不需要
月亮倒出的冰冻蜜糖。

你却让我受苦。我撕开我的血管,
老虎和鸽子在你的腰线上
与啃噬的亲吻与百合花决斗。

那么,就用词语填满我的疯狂
或者留我活在我永远
黑暗的灵魂静夜里。

诗人说出实话

我想哭出我的痛苦并把它告诉你
好让你爱我,好让你
在一个夜莺唱歌的傍晚为我哭泣,
用一把匕首,用亲吻,用你自己。

我想杀死唯一那个看见
我的花朵被谋杀的证人
想把我的恸哭我的汗珠
变成一堆永恒的硬麦子。

唯愿永不终结这绞缠线团的
我爱你你爱我,永远灼烧
烧着衰败的太阳老去的月亮。

唯愿你不给予我的和我不向你索取的
直到死亡,愿交织的身体
甚至不投下影子。

诗人和爱人通电话

甜蜜的木头电话亭里
你的声音浇灌我胸口的沙丘。
我的双脚以南正值春天
我的前额以北盛开蕨花。

陡峭的光在狭窄的空间里
唱歌,没有拂晓没有播种季
而我的哭声第一次
从屋顶抓住希望的冠冕。

甜蜜悠扬的声音倾倒向我。
甜蜜悠扬的声音为我所爱。
悠扬甜蜜的声音催我入眠。

悠扬如受伤的黑色狍子。
甜蜜如雪地里一声啜泣。
悠扬而甜蜜,深入骨髓!

爱人睡在诗人胸口

你永远不懂我爱你什么
因为你睡在我身体里你睡着了。
我哭着藏起你,被一个
透彻的钢铁声音追捕的你。

肉体或启明星一样搅扰的
规则贯穿我疼痛的胸膛
浑浊的词语啃噬
你严峻灵魂的翅膀。

成群的人跳进花园
等着你的尸体我的痛苦
骑上绿色鬃毛的光之马。

但是,继续睡吧,我的生命。
听听我的鲜血在提琴里破碎!
看看他们还埋伏着窥伺我们!

无眠的爱之夜

两个人辗转的夜,月是满的,
我轰然恸哭而你发笑。
你轻蔑如神祇,我的嗔怨
是瞬间与鸽子拴于锁链。

两个人难眠的夜。你为
深邃的遥远哭出疼痛的晶莹。
我的苦痛如弥留的挣扎
聚拢在你脆弱的沙之心。

晨曦将我们结于床榻,
无尽的血液漫溢
我们的嘴落在它冻结的喷涌。

日光洒进闭合的阳台
在我已经入殓的心上
生命的珊瑚展开枝桠。

幕落：剧中诗

古罗马废墟上的对话

(选自《观众》第二场)

古罗马废墟。

一个身影,浑身挂满红色的葡萄藤,坐在一个柱头上吹笛子。另一个身影,浑身挂满金色的铃铛,在舞台中央起舞。

挂铃铛的人　　假如我变成云?
挂葡萄藤的人　我会变成眼睛。
挂铃铛的人　　假如我变成粪便?
挂葡萄藤的人　我会变成苍蝇。

挂铃铛的人	假如我变成苹果?
挂葡萄藤的人	我会变成一个吻。
挂铃铛的人	假如我变成胸膛?
挂葡萄藤的人	我会变成白色床单。
声音	(讽刺地)说得好!
挂铃铛的人	假如我变成月亮鱼?
挂葡萄藤的人	我会变成刀。
挂铃铛的人	可是,为什么?为什么你要折磨我?要是你爱我,为什么不跟着我去我带你去的地方?假如我变成月亮鱼,你可以变成海浪,或者水藻,就算你不想吻我,所以想要差得特别远的东西,你也可以变成一轮圆月,可是变成刀!你享受打断我的舞蹈。跳舞却是我仅有的爱你的方式。
挂葡萄藤的人	你围着床转,你围着家里的物件转,我都跟着你,但是我不会跟去你卖机灵假装带我去的地方。假如你变成月亮鱼,我就用一把刀破开你,

因为我是一个男人，因为我只是一个男人，和亚当一样的男人，我希望你比我更像个男人，希望你路过树丛的时候都不会发出响动。可是你不是一个男人。但凡我没有这支笛子，你就会逃到月亮上去，月亮上盖满了带花边的小披肩和女人的血滴。

挂铃铛的人 （小心翼翼地）假如我变成蚂蚁？

挂葡萄藤的人 （充满活力地）我会变成大地。

挂铃铛的人 （更强壮地）假如我变成大地？

挂葡萄藤的人 （更微弱地）我会变成流水。

挂铃铛的人 （激昂响亮地）假如我变成流水？

挂葡萄藤的人 （瘫倒在地）我会变成月亮鱼。

挂铃铛的人 （颤抖着）假如我变成月亮鱼？

挂葡萄藤的人 （地上爬起来）我会变成刀。一把磨了四个漫长春天的刀。

墓地里的朱丽叶

（选自《观众》第三场）

朱丽叶 （从墓穴中跳出来）求求你。这么久了，我一个朋友都不曾碰到，却穿过了三千多个空荡的拱顶。求求你，给点帮助吧。一点点帮助，一片梦中的海。

一片梦中的海。
一片白色大地的海
天上是空荡的拱顶。
我的尾巴经过船只，经过海藻。
我的尾巴经过时间。

一片时间的海。

海滩上拾柴的蛆虫

樱桃里剔透的海豚。

终点纯粹的石棉！废墟！

没有拱顶的孤独！梦中的海！

舞台深处传来一阵刀剑和人声的骚动。

朱丽叶 人越来越多了。他们最后都会闯进我的墓穴，占据我的床位。对我来说关于爱情或者戏剧的讨论都不重要。我想要的就是去爱。

白马甲 （渐渐走出来。手里拿着一柄剑）去爱！

朱丽叶 是的。只会延续一瞬间的爱。

白马甲 我一直在花园里等你。

朱丽叶 你是说在墓穴里。

白马甲 你还是一如既往的疯狂。朱丽叶，你什么时候才能注意到一个白天的完美？一个白天，有早上，有下午。

朱丽叶 有夜晚。

白马甲　夜晚不是白天。只要一个白天你就能摆脱焦虑,逃离这无动于衷的大理石四壁。

朱丽叶　怎么做?

白马甲　上来。

朱丽叶　为了什么?

白马甲　(走近)带你走。

朱丽叶　去哪里?

白马甲　去黑暗幽冥之处。黑暗里有柔软的枝条。翅膀的墓地里有千种密度的表面。

朱丽叶　(颤抖着)我到那儿会得到什么?

白马甲　我会给你黑暗中最沉默的东西。

朱丽叶　白天?

白马甲　没有光的苔藓。触觉用手指肚吞噬一个个小世界。

朱丽叶　是你来教我一个白天的完美吗?

白马甲　为了让你走向夜晚。

朱丽叶　(暴怒地)你这匹蠢马!我和夜晚有什么关系?我和学习它的星星或者迷醉有什么关系?必须用老鼠的毒液才能让我不再受到人的骚扰。可是我不想杀死那些老鼠。

它们给我带来了小钢琴和虫胶刷子。

白马甲 朱丽叶，夜晚不是一个瞬间，但是一个瞬间可以延续整个夜晚。

朱丽叶 （哭泣地）够了。我不想再听你说话了。你为什么想带走我？"爱"这个单词就是欺骗，破碎的镜子，水中的脚印。回头你就会把我再次留在墓穴里，就像所有人做的那样，他们都想说服听众真正的爱是不可能的。我累了。我起身求助是为了从墓穴里赶走那些想用理论解释我的心的人，那些用大理石的小镊子撬开我的嘴的人。

白马甲 白天是一个端坐的鬼魂。

朱丽叶 可我认识被太阳晒死的女人。

白马甲 你听好了，只要一个白天就能去爱所有的夜晚。

朱丽叶 所有的！所有的！所有人的，所有树的，所有马的！所有你想教给我的，我全都知道得很清楚。月亮轻柔地推动无人居住的房子，让立柱倒下，给蛆虫提供微型火把好让它们进入樱桃的内里。月亮把脑膜炎的面具带进卧房，在孕妇的肚子里装满冷水，我几乎不留心撒在我肩上的那一小把草叶。你这匹马，别再用我再熟悉不过的欲望看着我了。在我很小的时候，我曾经在维罗娜见过美丽的母牛在牧场上吃草。后来我在书上见到它们被画出来的样子，但是我永远记得路过肉铺时看见的它们。

白马甲 爱只会延续一瞬间。

朱丽叶 是的，一分钟；那个朱丽叶鲜活、快乐，没有一群放大镜扎刺着她；最初的朱丽叶，在那座城市边上的朱丽叶。

图书在版编目（CIP）数据

提琴与坟墓：洛尔迦诗选/（西）费德里科·加西亚·洛尔迦著；汪天艾译. — 北京：北京联合出版公司, 2021.1（2022.11 重印）
ISBN 978-7-5596-4643-9

Ⅰ.①提… Ⅱ.①费…②汪… Ⅲ.①诗集—西班牙—现代 Ⅳ.①I551.25

中国版本图书馆 CIP 数据核字 (2020) 第 202519 号

提琴与坟墓：洛尔迦诗选

作　　者：	[西]费德里科·加西亚·洛尔迦
译　　者：	汪天艾
出 品 人：	赵红仕
责任编辑：	夏应鹏
策 划 人：	方雨辰
特约编辑：	陈雅君　袁永苹
装帧设计：	山川制本 workshop

北京联合出版公司出版
（北京市西城区德外大街 83 号楼 9 层　100088）
北京联合天畅文化传播公司发行
山东临沂新华印刷物流集团有限责任公司印刷　新华书店经销
字数 84 千字　787 毫米 × 1092 毫米　1/32　6 印张
2021 年 1 月第 1 版　2022 年 11 月第 3 次印刷
ISBN 978-7-5596-4643-9
定价：45.00 元

版权所有，侵权必究
未经许可，不得以任何方式复制或抄袭本书部分或全部内容
本书若有质量问题，请与本公司图书销售中心联系调换。
电话：64258472-800